Johann Christoph Unzer

Fortgesetze Versuche in sittlichen und zärtlichen Gedichten

Johann Christoph Unzer

Fortgesetze Versuche in sittlichen und zärtlichen Gedichten

ISBN/EAN: 9783743609686

Hergestellt in Europa, USA, Kanada, Australien, Japan

Cover: Foto ©Thomas Meinert / pixelio.de

Weitere Bücher finden Sie auf **www.hansebooks.com**

Fortgesetzte Versuche
in sittlichen und zärtlichen
Gedichten
von
Johannen Charlotten Unzerinn,
gebohrnen Zieglerinn.

Rinteln,
bey Gotthelf Christ. Berth.
1766.

Vorrede.

Die Stücke in dieser kleinen Sammlung sind fast alle vor mehr, als zehn Jahren, schon verfertigt worden. Seitdem habe ich diesem Vergnügen völlig entsagen müssen. Ich vertauschte es im Anfange fröhlich mit der Ausübung der Pflichten einer Mutter;

Vorrede.

in Hoffnung, es bald wieder zu suchen. Allein, eine entsetzliche Krankheit, deren Spuren ich noch im neunten Jahre empfinde, und wodurch ich fast ganz außer Stand gesetzt bin, etwas zu schreiben; der Tod zweener mir unvergeßlich geliebten Säuglinge, und die zu meiner Wiederherstellung und Aufrichtung erforderlichen Anstalten, haben mich so weit davon entfernt, und meinen Geschmack so davon abgewöhnt, daß ich schwerlich hoffen kann, jemals wieder an diesem Vergnügen großen Theil zu haben. Bloß aus Gefälligkeit gegen den Herrn Verleger dieser Blätter, meiner Schwester Sohn, habe ich die weni-

Vorrede.

wenigen Stücke, welche von meiner Arbeit übrig, und noch nicht in meiner ersten Sammlung gedruckt waren, zusammengelesen, und übergebe sie hiermit der Beurtheilung der Leser. Ihr Werth sey so gering, als er wolle. Von den meisten sind mir nur die Empfindungen schätzbar, welche sie in der Einfalt der Natur ausdrucken. Denen, die solche Ausdrücke lieben, werden sie gefallen. Ich werde auch in kurzem die Nachlese meiner Scherzgedichte dem Herrn Verleger geben, und da mir in meinem gegenwärtigen Zustande der Scherz ziemlich fremd geworden ist, so kann ich leicht zusagen, daß dieses die

Vorrede.

letzten von meiner Arbeit seyn werden. Viele Stücke sind noch sehr unvollkommen, zumal die größern: allein, mein Trieb sie zu bessern, ist erkaltet, und ich bin zu eigensinnig, wesentliche Verbesserungen von fremden Händen machen zu lassen, weil ich dieses für eine Hintergehung der Leser halte.

Die Verfasserinn.

Inhalt.

1. Der Nachruhm.   S. 3
2. Beym Beschlusse des Jahrs 1755.   9
3. Beym Grabe des Herrn von Hagedorn. 12
4. An Damis Geburtstage.   14
5. An Herrn Johann Wilhelm Unzer, bey seiner Abreise nach Dännemark.   15
6. Einladung an eben denselben.   17
7. Empfindungen, beym Verluste ihrer Kinder, in einer schweren Krankheit.   18
8. An Damis, zu ihrem Bildnisse.   20
9. Bestätigung in der Liebe.   21
10. An Damis.   22
11. An die Ruhe.   24
12. Bey Damis Genesung.   25

13. An

Inhalt.

13. An Damis. S. 26
14. An Damis Geburtstage. 28
15. Die Liebe. 30
16 An Damis. 39
17. Zu einem Gemählde. 42
18. Ein Unterschied. 43
19. Unterschied, zwischen einer Uhr und einem Frauenzimmer. 44
20. Einige Neujahrswünsche. 45

Fortgesetzte Versuche
in
sittlichen und zärtlichen
Gedichten.

Der Nachruhm.

Sr. Magnif. dem Hochedelgeb. und Hoch=
gelahr. Hrn. Hrn. Joh. Gottl. Krügern,
der Arzneygel. Doct. und öffentl. ordentl. Prof.
auf der Julius=Carls=Univers. wie auch derselbigen
zeitigen Prorect. der röm. kaiserl. Akad. der Naturf.
und der kön. preußischen Akad. der Wissenschaften
Mitgliede, u. s. w.

Zum Zeichen der schuldigsten Dankbarkeit, für den ihr
höchstgeneigt gewidmeten Dichterkranz, 1753.
übergeben.

———※———

ie Preiße der Unsterblichkeit
    Sind würdge Thaten großer Seelen.
Nur die verzehret keine Zeit,
Nur denen kann kein Lob der späten
    Nachwelt fehlen.
Durch große Thaten muß der Held,
Der Philosoph und Dichter leben.

Sonst nichts kann ihm den Vorzug geben,
Daß ewig sich sein Nam erhält.
Dieß ist der Weg, der einzge unter allen,
Der fähig macht, den Zeiten zu gefallen.

Kein Fürst hat, wenn er klein gedacht,
Durch Schmeichler, die er sich verbunden,
Sein Lob bis hinters Grab gebracht,
Und da den Eigensinn der Zeiten überwunden.
Kein Bau erreicht die Ewigkeit.
Er weiht sich mit geschäfftgen Händen,
In viel gedankenlosen Bänden,
Muthwillig der Vergessenheit:
Und ist er reich, und kann man von ihm erben;
So heißt er groß, zum längsten bis zum Sterben.

Doch, wem die gütige Natur
Den Geist, der fähig ist, zu leben,
Und in erhabnen Werken nur
Sein edles Leben führt, bey der Geburt gegeben,
Der wird nicht nur von seiner Zeit
Bewundert. Oefters ist auf Erden,
Ein Wunder seiner Zeit zu werden,
Das Loos der Mittelmäßigkeit:
Nein, bis der Bau der Welten wird zerbrechen,
Wird man mit Ruhm von seinen Thaten sprechen.

Der Nachruhm.

Der Dichter, der erhaben denkt,
Und, von dem Pöbel los gerissen,
Dem Reime keinen Einfall schenkt,
Der nicht die Probe hält, die Kenner bald vermissen,
Der sey gewiß, wie Hagedorn,
Man werd ihn, wie Horazen, loben,
Der fürchte nicht des Lasters Toben,
Noch der Kritik gereizten Zorn.
Was solch ein Geist, und die ihm gleichen, dachten,
Kann kein Geschmack, der Ehre bringt, verachten.

Doch, ach! wie selten ist das Glück,
Nach seinem Tode groß zu bleiben!
Das unerbittliche Geschick
Löscht aller Namen aus, die mittelmäßig schreiben.
Kaum hat der Tod den Leib zerstört;
So flieht die namenlose Seele
In die dem Ruf verborgne Höhle,
Die der Vergessenheit gehört,
Wo mancher Thor, der hier sich groß geschrieben,
Im Schooß der Nacht, ganz klein, ist liegen blieben.

Wie sparsam sind im Alterthum,
Das fruchtbar hieß an großen Seelen,
Die Weisen, deren später Ruhm
Auf unsern Ehrgeiz wirkt, zu Mustern sie zu wählen!

Der Nachruhm.

Wie wenge Wunder unsrer Zeit
Wird noch die nächste Nachwelt nennen!
Wie wenge werden dauern können,
Bis ihren Ruhm ihr Tod zerstreut!
Wie werden sie mit mattem Ehrgeiz streben,
Das stets zu seyn, was sie selbst überleben!

Mein Krüger, den so lange schon
Die Weisheit und die Tugend kennen,
Wie theur erwarbst Du Dir den Lohn,
Daß Dich die Nachwelt stets bewundrungsvoll wird
nennen!
Mit welchem Eifer hat Dein Geist
Der Wissenschaften Bahn durchdrungen!
Durch wie viel Fleiß ist Dirs gelungen,
Daß Dich die Welt unsterblich preist!
Doch ich, mit der einst ihre Lieder sterben,
Wie könnt ich mir ein dauernd Lob erwerben?

Mich reizt, seit manchen Jahren schon,
Der Trieb, den ich noch nicht bereue,
Daß ich, ohn Absicht auf den Lohn,
Mir meiner Jugend Pfad mit Blumen überstreue.
Vielleicht verblühn in kurzer Zeit
Die Zeugen meines Daseyns wieder:
Vielleicht sind meine kleine Lieder
Auch Opfer der Vergessenheit.

Jedoch,

Der Nachruhm.

Jedoch, ihr Zweck, mein Leben zu versüssen,
Ist schon erreicht; die Nachwelt kann sie missen.

Erhabner Freund, von Dessen Hand
Ich jüngst den Dichterkranz empfangen,
Den ich mich nimmer unterstand
Zu hoffen, oder gar ruhmsüchtig zu verlangen.
Du gabst ihn mir, aus Gunst vielleicht,
Auf die mein Blut mir Recht gegeben:
Vielleicht zum Reiz, Dir nachzustreben,
Der aller Zeiten Lob erreicht.
Doch konnte Dich mein Saitenspiel ergötzen;
So war ichs werth, den Kranz mir aufzusetzen.

Zwar ist, was Du in mir belohnt,
Noch kein Verdienst der Ewigkeiten,
Das die Kritik der Zeiten schont,
Und strenge Richter einst mit ihrem Lob begleiten.
Allein, mein Beyspiel wird durch Dich
Erhabne Seelen reizend zwingen,
Einst feuriger, als ich, zu singen:
Denn Du belehrst die Welt durch mich,
Daß das Bemühn, die Weisheit zu besitzen,
Stets Weise reizt, um es zu unterstützen.

Der Nachruhm.

Was ein gerührtes Herz vermag,
Das voll ist von belebten Trieben:
Was je an einem Freudentag
Ein würdger Dichter hat empfunden und
beschrieben;
So manchen Wunsch, so manchen Dank
Verfaßt mein Herz an diesem Tage.
Doch Der, den ich zu nennen wage,
Der Wunsch verdient den ersten Rang:
Genieße lang das seltne Glück auf Erden,
Das selge Glück, von Carl beherrscht zu werden.

So lang, als Ihn die Nachwelt kennt,
So lang, als Carls geweihten Namen
Der Weis und Fürst den Enkeln nennt,
Und Fürst und Weiser strebt, Ihm glorreich
nachzuahmen:
So lange blüh der Musensitz,
Den Er mit weiser Hand regieret,
Und wo man lehrt, was Weise zieret,
Recht, Tugend, Wissenschaft und Witz;
So wird sein Flor bis in die Zeiten währen,
Da die Natur in Nichts zurück wird kehren.

Beym Beschlusse des 1755sten Jahres.

Dem Blitze gleich, der einen Augenblick
  Die Luft durchstreift, ein sichres Haus entzündet,
Das Land verheert, die Völker schreckt, und schwindet;
So fliehst du, Jahr, zur Ewigkeit zurück.
Europa blickt, mit zagendem Entsetzen,
Hin zum Olymp, und seufzt dir weinend nach,
Und kniet vor Gott, der ihm dieß Urtheil sprach,
Es ernst durch dich in Todesfurcht zu setzen.

  Es fühlt noch itzt des Rächers schweren Schlag;
Es tönt noch itzt von jammervollen Klagen;
Es wird ein Jahr dem andern Jahre sagen:
Der Zorn des Herrn entbrannt auf diesen Tag!
So lang die Welt und die Geschichte dauren;
So lang ein Christ, ein wahrer Mensch noch lebt,
Wird man das Jahr, da Portugall erbebt,
Den Schlag, der ganz Europa traf, betrauren.

Beym Beschlusse

Du, dessen Herz hier seinen Adel zeigt,
Und, durchbewegt von zärtlichem Erbarmen,
Und liebesvoll die Noth gedrückter Armen,
Das Schicksal fühlt, das deine Brüder beugt;
Du, Menschenfreund, hier räume deinem Triebe
Dein ganzes Herz; sieh vieler Tausend Tod:
Sieh den Ruin und die gemeine Noth.
Was spricht dein Herz? Was fordert deine Liebe?

Wie glücklich war das Volk, das Land, die Stadt!
Wie schlief der Fürst, der Bürger ohne Sorgen!
Wie heiter war der letzte frohe Morgen,
Der Schreck und Tod herbey geführet hat!
Wer dachte nicht, den Abend zu erreichen,
Der, eh er kam, todt und zertrümmert lag!
Welch ein Erfolg! Wie viel begräbt ein Tag
Nicht Hoffnungen mit so viel tausend Leichen!

Wir sehn, gerührt, erschrocken und betäubt,
Des Rächers Grimm in unserm Welttheil wüthen.
Der Arm des Herrn, der Länder kann behüten,
Der ist es auch, der sie, wie Spreu, zerstäubt.
Wie leicht hätt uns sein Blitz zugleich betroffen!
Sprich, Hamburg! sprecht, ihr Staaten allzumal!
Habt ihr ein Recht, mehr Recht, als Portugal,
Von Gott für euch Barmherzigkeit zu hoffen?

Nur

Nur deine Huld, o Herr! erhält uns noch.
Wir sehn das Jahr, mit dankbarlichen Zähren,
Und voll Vertraun, zu dir zurücke kehren.
Du liebst, auch unverdient liebst du uns doch.
O daß uns stets dein Gnadenstrahl erquicke!
O daß uns stets der Vaterliebe Huld
Mit Langmuth, Gnad und schonender Geduld,
Mit Fried und Heil und Seligkeit beglücke!

Du kannst, o Herr! das schon gezuckte Schwerdt,
Den blutgen Krieg allein zurücke halten.
Der Plagen Heer, in mancherley Gestalten,
Entweicht von uns, wenn es dein Wink begehrt.
Du schleuderst tief, tief in des Abgrunds Schlünde
Das Meer zurück, das uns den Garaus dräut;
Du tilgst den Brand, der wilden Stürme Streit,
Und hältst das Dach der unterirdschen Gründe.

Du weißt den Staat, den du erbarmend ließst,
Vor aller Noth untrüglich zu beschützen.
Dein Donner schießt, geführt von deinen Blitzen,
Auf den herab, Herr! dem du nicht vergiebst.
Doch du vergiebst den Völkern, wenn sie bitten:
Errett uns, Herr! Erbarmer! zeige dich!
Ihr Staat blüht auf; ihr Seegen mehret sich;
Ruh wohnt im Land, und Freud in ihren Hütten.

Bey

Bey dem Grabe des Herrn von Hagedorn.

Trauriges Beyspiel der Eitelkeit menschlicher Dinge,
Grabmaal des Weisen! o sähe mein Auge dich nicht!
Diesen geweihten Thränenkrug, den ich dir bringe,
Schütt ich hier aus und verdamme die traurige Pflicht.

Sollte den Liebling der Weisheit die Nachwelt nicht schauen?
Ach, trifft die Hoffnung der Tugend nicht sicherer ein?
Wie kann sein Beyspiel den sträflichen Enkel erbauen,
Dem diese Größe der Seele wird fabelhaft seyn?..

Heiligt,

Heiligt, ihr Enkel, den Namen, der ewig soll währen!
Pflanzt auf dem Grabe Cypressen, und macht es zum Hayn!
Jährlich streut Blumen und singet, in festlichen Chören,
Seine bewunderten Lieder bey Tänzen und Wein.

Dann unterbrech eure Lieder ein heimlicher Schauer,
Und der Gedanke der Sterblichkeit blitz in die Luft.
Dann geht zum Grabe des Dichters, in zärtlicher Trauer,
Weint auf den Staub eure Zähren und schlagt an die Brust.

An Damis Geburtstage.

Du meiner Wünsche Ziel, mein Damis! welch
Entzücken
Fühlt heute Deiner Freundinn Brust!
Du lebst! und liebest mich! mein Leben zu be‑
glücken
Erkohrst Du Dir zur größten Lust.

Die Vorsicht wolle doch mich lange wür‑
dig finden,
Von Dir, mein Freund, geliebt zu seyn.
O! möchte sie mich nie der süßen Pflicht entbinden,
Mich diesen Tag mit Dir zu freun!

Jedoch, wenn dermaleinst mit seinen Mord‑
gewehren
Der Todes‑Engel uns wird dräun:
O Freund! dann müsse noch Dein Leben lange
währen,
Und Dir mein Tod ein Opfer seyn.

An
Herrn Johann Wilhelm Unzer,
bey seiner Abreise nach Dännemark.

Freund, warum fliehst Du von uns in weit
  entlegene Lande?
O hält Dich kein Bitten der Freunde zurück?
Verschmäht Dein fühlendes Herz der Freund=
  schaft selige Bande?
Rührt Dich nicht des Bruders zärtlicher Blick;

So fürchte wenigstens einst des Beltes to=
  bende Wellen,
Und seines Gewässers schäumende Wuth.
Wenn brausender Nordwind versucht, der Schiffe
  Masten zu fällen,
Entfällt Dir dann nicht zum Reisen der Muth?

Doch,

Doch nein! Dein Schicksal gebeut. Der, der Deine Tage schon zählte,
Bevor noch Dein Wesen die Welten gesehn;
Der, welcher von Ewigkeit her, allzeit das Beste erwählte,
Hieß dieß auch zu Deinem Besten geschehn.

Ja, folge nur willig dem Wink, den Du vom Schicksal erhalten;
So findest Du dort auch Vergnügen und Glück.
Laß durch die Entfernung nur nicht der Freundschaft Triebe erkalten:
Denk öfters an Deine Freunde zurück!

Einladung
an eben denselben.

Auf, eile, Freund, erfülle das Verlangen
  Der vielen Wartenden, die Dir entgegen
        sehn.
Der treuen Mutter Arm will zärtlich Dich um=
        fangen,
Und Deiner Schwester Kuß ist auch nicht zu
        verschmähn.
Und Damis, der als Freund und Bruder liebet,
Theilt, o wie gern! mit Dir, was ihm das
        Schicksal giebet.

Empfindungen

beym Verluste ihrer Kinder, in einer schweren Krankheit.

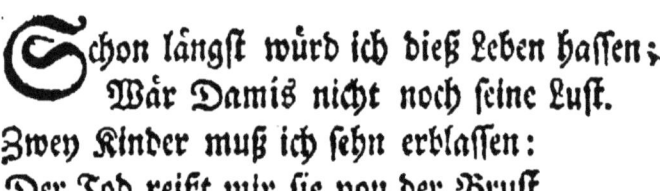

Schon längst würd ich dieß Leben hassen;
 Wär Damis nicht noch seine Lust.
Zwey Kinder muß ich sehn erblassen:
Der Tod reißt mir sie von der Brust.
Mein thränend Flehen ist vergebens = = =
Er reißt sie hin, der Feind des Lebens!

Kaum fühlt ihr zartes Herz das Leben,
Das ihm durch mich der Himmel gab,
So muß es schon im Tode beben,
Und, ach! jetzt decket sie das Grab! —
Ihr Kinder! muß ich euch schon missen! —
Ach, könnt ich euch noch einmal küssen!

O Gott, vergieb dem Mutterherzen,
Wenn es sich klagend übereilt:
Es wird zernagt, von tausend Schmerzen,
Weil mir dein Trost zu lang verweilt.

Dein

Dein Schwert fiel würgend auf mich nieder:
O Herr, wann lacht dein Auge wieder?

Wann lacht es mir, die ich kaum lebe,
Weil deine schwere Hand mich drückt,
Mich drückt, daß ich jetzt kraftlos bebe,
Daß mich der Lenz nicht mehr entzückt. ——
Gedanke! du bringst mir Vergnügen!
Könnt ich bey meinen Kindern liegen!

Doch Damis lebt, den ich noch liebe,
Und dem mein Leben ist geweiht;
Den ich durch meinen Schmerz betrübe,
Der mir noch Rath und Trost verleiht.
Herr! laß mich diesen Trost erquicken:
Daß du sein Leben willst beglücken!

An Damis,
zu ihrem Bildniſſe.

Wenn einſt nach meinem Tod dieß Bild Dein
Aug erblicket,
So denke, daß ich Dir, nur Dir allein, gelebt!
Wenn Dich ein ſchönres Kind mit ihrer Lieb
entzücket,
Und Deine ganze Seel in neuer Wolluſt ſchwebt;
Dann, Damis, ſtelle ihr, zum Muſter ſeltner Treue,
Dieß Bildniß, das mir gleicht, als ihr Exempel
dar;
Und ſprich: o lebte ſie; ich liebte ſie aufs neue,
Sie, deren treue Seel in ihren Mienen war.

Freund, wenn es möglich wär, ich würde
gleich belebet,
So ſehr entzückt Dein Lob und Deine Liebe mich! —
Vor Unglück und Gefahr hab ich noch nie gebebet:
Doch der Verluſt von Dir, ach! der erſchüttert
mich!

Beſtä-

Bestätigung in der Liebe.

Tobet, gräßliche Gedanken!
  Tobt, daß Herz und Seele bebt:
Macht nur nicht die Liebe wanken,
Die für Damis in mir lebt!
Daß des Gleichsinns Ekel fliehe,
Der die besten Herzen trennt!
Daß er nie mein Herz beziehe,
Das von reiner Liebe brennt!
Nein! ich scheue keine Plagen;
Unglück, Neid, Gefahr und Pein,
Soll in meinen besten Tagen
Stets ein Trieb zur Liebe seyn.

An Damis.

Schon dreyzehn Jahre sind vergangen;
 Da Dich mein Arm zuerst umfieng,
Da ich mit zärtlichem Verlangen
An Deinem treuen Busen hieng.
Freund, seit dem süßen Augenblicke
Fühl ich den Werth von meinem Glücke.

Ganz von der Liebe hingerissen,
Folgt ich mit treuem Herzen Dir.
Der Aeltern Haus nicht zu vermissen,
Fand ich mein Glück, mein Alles, hier,
Bey Dir, der mich vor allen wählte,
Damit nichts meinem Glücke fehlte.

Noch brennt mein Herz von gleicher Liebe,
Ob gleich die Zeit sonst alles schwächt.
Noch folgt' ich Dir, mit gleichem Triebe;
Dich wählt ich noch, und wählte recht.
Recht! — Um beglückt und froh zu leben,
Muß ich mich Dir allein ergeben.

An Damis.

Oft schlägt mich die Besorgniß nieder,
Daß Deine Liebe kälter wird:
Doch zärtlich findt mein Herz Dich wieder,
Und freudig, daß es sich geirrt.
Wie weiß ich dann ein Glück zu schätzen,
Das kein Verhängniß kann verletzen!

O Damis, der so redlich liebet,
Und mehr, als es mein Herz gedacht:
Sieh, wie es Dir sich ganz ergiebet,
Sieh seiner Liebe ganze Macht.
Der Freude will der Ausdruck fehlen,
Dir, was ich fühle, zu erzählen.

O lehre mich mein Glück stets kennen,
Du, Liebe, Göttinn meiner Lust!
Uns müsse kein Verhängniß trennen!
Bewohn auf ewig meine Brust
Du, und die Freundschaft uns zur Seiten,
Wir trotzen aller Wuth der Zeiten.

An die Ruhe.

Du fliehst von mir, Dich such ich wieder,
O Ruhe, meine Trösterinn!
Dir weiht ich vormals meine Lieder!
Wie sanft floß da mein Leben hin!
Wenn ich, wo mich kein Sorgen störte,
Dich, Himmelstochter, still verehrte.

Lust, Scherze, Wein und Liebe waren
Die Zeugen der Zufriedenheit.
Ich kannt in den vergrünten Jahren
Kein Unglück, keine Traurigkeit.
Ja, zeigte sich mein Himmel trübe;
So sang ich nur von Damis Liebe.

Komm wieder, angenehme Stille!
Komm, nimm mein Herz von neuem ein,
Daß ich des Lebens Zweck erfülle,
Den wahren Zweck: vergnügt zu seyn.
Komm, lehre mich mein Schicksal tragen,
Und Leid und Sorgen von mir jagen!

Bey Damis Genesung.

O! welche Unruh, was für Sorgen
Bestürmten mein betrübtes Herz!
Ein jeder Abend, jeder Morgen
Erneute grausam meinen Schmerz!
Wie wünscht' ich da, mein doch unnützes Leben,
Für meinen Freund zum Opfer hinzugeben.

Nun dank ichs Dir, daß diesen Tag noch Wonne
In meine matte Seele bringt;
Dir dank ichs, Gott, daß mir das Licht der Sonne
Noch einmal Freud und Ruhe bringt.
O! laß doch nie des besten Freundes Leben
So viel Gefahr, als diesesmal, umgeben!

An Damis.

Was fühlt mein Herz? welch reges Feuer
  Erregt der Dichtkunst Trieb in mir!
O, lehnte mir Horaz die Leyer,
Gefiel ich, Freund, noch einmal Dir;
Mit Zuversicht würd ich sie nehmen.
Ich spielte dann von Lieb und Treu,
Den Wahn vom Ehstand zu beschämen,
Daß er der Gift der Liebe sey.

Mein treues Herz, Dir ganz ergeben,
Das nur bey Deiner Freude lacht;
Dieß Herz, das dann beginnt zu beben,
Wenn Dich ein Unglück traurig macht;
O könnt ich dieses Herz Dir schildern,
Und was es diese Stunde fühlt,
So mahlt ich Dir in schönsten Bildern
Den Zweck, worauf mein Leben zielt.

Ja, Freund, einst lehrte mich die Liebe,
Dir und der Freude Lieder weihn.
Noch folg ich ihrem starken Triebe,
Noch lehrt sie mich glückselig seyn.

An Damis.

Die Pflicht, mein Leben, Dir zu leben;
O dieß ist meine liebste Pflicht:
Nur Dir mich ewig zu ergeben,
Mehr, als dieß Glück, verlang ich nicht.

Und reißt Gott einst, im Todesschrecken,
Von Deiner Seite mich ins Grab;
Geräth dieß Herz, dieß Blut in Stecken,
Das mir für Dich der Himmel gab:
So wart ich in den Ewigkeiten
Unsterblich liebesvoll auf Dich,
Und mit verneuten Zärtlichkeiten
Umfangen unsre Seelen sich.

An Damis Geburtstage.

Dir, bester Inhalt meiner Lieder,
  Dir tönt dieß Lied der Lieb und Lust.
Dein Tag, der schöne Tag kömmt wieder,
Und Freude klopft in meiner Brust.
Sie klopft; das Herz fühlt mit Entzücken
Dein Wohl, die Kraft sich zu beglücken.

Es sey, daß mir die Worte fehlen,
Spricht doch mein Blut, von Lieb erregt;
Dieß kann Empfindungen erzählen,
Und nennt den Trieb, der es bewegt.
Der Liebe Macht, ein Herz zu zwingen,
Läßt sich empfinden, nicht besingen.

Ein immerwährendes Getümmel
Von treuen Trieben zeichnet mich.
Die Seufzer eilen nach dem Himmel,
Und bitten da den Lohn für Dich.
Den Lohn, ein lang und frohes Leben,
Kann Dir allein der Himmel geben.

Geburtstage.

So brauche Deine frohen Stunden,
Erkenne Deine goldne Zeit.
Gott schickt sie Dir. Wann sie verschwunden,
Ist sie ein Raub der Ewigkeit.
Dein Lohn, genoßne Augenblicke,
Beglücken Dich und sind mein Glücke.

Was sind der Weisheit strenge Lehren
Dem, den die frohen Freuden fliehn?
Willst Du Dir die Natur verwehren,
Die Dir Herz und Gefühl verliehn?
Willst Du nur Geist seyn? Feind der Triebe!
O werde wieder Mensch, und liebe.

Die Liebe.
An die Frau Legationsräthinn Zink, geb. Grund, bey Ihrer Vermählung.

Von dir durchströmt, durch dich entzückt,
  Besing' ich dich, du süße Liebe!
Die Kunst, womit du mich beglückt,
Die Dichtkunst preise deine Triebe.
Dein Einfluß schenk ihr Stärk und Geist
Und sanfte Gluth und rührend zarte Töne:
Damit sie dich in einem Liede preist,
Das deiner Wunder würdig heißt,
Und aller Zeiten Beyfall kröne.

  Stark, wie der wilde Ocean,
Doch lieblich, wie das Licht der Sonne,
Meldst du dich in den Herzen an,
Und überströmst du sie mit Wonne.
Der Jüngling, den dein Feuer brennt,
Das wie ein Blitz sein bebend Herz entzündet,
Das erstemal sein träges Blut durchrennt
Und ihn verzehrt, eh' er es kennt,
Der lehre, wie man dich empfindet.

Noch ist sein Herz ein Sitz der Ruh,
Noch fließt das ruhige Geblüte
Nur sanft den sichern Herzen zu,
Noch wacht dein Trieb nicht im Gemüthe:
Jetzt aber streicht des Schicksals Hand
Die erste Reih von seinen jungen Jahren,
Die Kindheit, aus, und ihm ist unbekannt,
Was er für einen neuen Stand,
Für neue Wunder soll erfahren.

Er schläft. Die stille Mitternacht
Hängt schwebend über seinem Haupte,
Und auf der jungen Stirne lacht
Die Unschuld, die sich sicher glaubte.
Doch schnell erscheint ihm ein Gesicht,
Die Liebe selbst, ein Bildniß einer Schöne,
Aus deren Aug ein blitzend Feuer bricht,
Das rührender: ich liebe! spricht,
Als des verliebtsten Dichters Töne.

Jüngst aufgeblüht, schön, wie der Tag,
Durchglüht von zärtlichen Affecten,
Beschämt ihr Antlitz, wo sie lag,
Die Blumen, die sie halb versteckten;
Ein leicht Gewand, das flatternd spielt,

Die Liebe. Bey Vermählung

Verräth dem Blick den Wunderbau der Glieder;
Die reiche Brust, wo Amor eingewühlt,
Des Mädchens Gluth wollüstig fühlt,
Bebt voll von Sehnsucht auf und nieder.

Jetzt, Jüngling! bricht sie in dein Herz:
Jetzt wiederstreb ihr, oder leide!
Wie? fühlt er schon den neuen Schmerz,
Vermischt mit wollustreicher Freude?
Seht! wie sein Herz gewaltig schlägt;
Wie unruhvoll, wie heiß ist sein Verlangen!
Die Wangen glühn, wie Purpur glimmt. Bewegt,
Entzückt, bestürzt, von Angst erregt,
Erhebt er sich, sie zu umfangen.

So stund das ausgeschaffne Bild
Pygmalions, mit starren Blicken,
Schon eh die Gottheit es erfüllt,
Voll Leidenschaft und voll Entzücken:
So sah es sich erstaunt und neu,
Als es dem Gott zuerst entgegen lachte;
So ungewohnt der süßen Sclaverey
Fühlt es bestürzt, was Liebe sey,
Wie dieser, als er jetzt erwachte.

Nun floh die Unschuld mit der Ruh
Auf ewig aus dem bangen Herzen;
Kein Balsam schloß die Wunde zu,
Kein Mittel linderte die Schmerzen.
Das süße Gift der schönsten Lust
Schoß wie ein Strom, der seinen Grund durch-
                                        wühlet,
Durch Nerv und Mark, und die entzückte Brust
Fühlt, ach, schon gern! den Brand der Lust,
Und nimmermehr wird er gekühlet.

So schnell, so stark, so unbereut,
Mit so viel Beystand aller Triebe,
So glücklich für die Menschlichkeit
Bezwingst du unser Herz, o Liebe!
Wo ist dein Feind? wo soll ich ihn
In der Natur weitläuftgen Reichen finden?
Ich mag die Luft, das Land, das Meer durchziehn.
Man muß, um deine Macht zu fliehn,
Nicht leben, oder dich empfinden.

Dort, wo der finstre Menschenfeind,
Der Philosoph, der jung veraltet,
Die Einrichtung der Welt beweint,
Und die umwölkte Stirne faltet;

Selbst dort bey ihm find ich die Spur
Der großen Macht der allgewaltgen Liebe,
Oft fühlt er bey der Logik die Natur,
Er fühlt und definirt nicht nur
Die Kunst, die ich entzückend übe.

Der Held kömmt aus der Schlacht zurück,
Wo, von zerfleischter Menschen Blute,
Sein Mordschwert dampft; sein wilder Blick
Auf keinem Gegenstande ruhte;
Noch dräut der Grimm im Angesicht,
Noch bebt die Faust vom Morden und Verwüsten,
Doch Doris kömmt; und sanfte Freude bricht
Aus dem beruhigten Gesicht,
Und er erbebt von zarten Küssen.

Wer seufzt? Ein bärtger Moralist,
Ein Vater neuer Enkratiten,
Verflucht die, deren Kind er ist,
Und nennt sie eine Pest der Sitten.
Er, der die Lust der Welt verlacht,
Bleib ungestört im Vorzug dieser Ehre!
Ach! hättest Du, die ihn hervorgebracht,
Natur, nur so, wie er gedacht,
Daß er der Welt entronnen wäre!

Jedoch,

Jedoch, was täuscht mich für ein Schein?
Seh ich nicht dort den strengen Richter,
Durchglüht von deiner Kraft, o Wein!
So weltlich thun, als einen Dichter?
Wie? darf ich wohl dem Auge traun?
Ist dieß das Haupt mit den geweihten Mienen?
Was will er jetzt Dorinden anvertraun?
Doch, Liebe, laß es mich nicht schaun!
Er will dir im Verborgnen dienen.)

Ja! er und jeder frohnet dir.
Dein Einfluß dringt in alle Seelen,
In die, vornehmlich, glaubt es mir,
Ihr Liebenden! die ihn verheelen.
Umsonst versteckt ein Thor den Trieb,
Den die Natur, zum Glück der Creaturen,
Als sie sie schuf, in ihre Herzen schrieb,
Und der ihr einzigs Mittel blieb,
Wodurch sie ihre Huld erfuhren.

Ja! ja! die Dichtkunst zeigt sie mir,
Und Lieb und Weisheit ihr zu Seiten;
Die Elemente folgen ihr,
Versehn mit tausend Fähigkeiten.

Im Umkreis braust das wüste Meer,
Wo in der Nacht das Nichts und Chaos thronen,
Und Thorheit, Traum, Vernichtung, Ohngefähr,
Glück, Zufall, Lügen und Chimär,
Und Wahn und Tand und Unsinn wohnen.

Sie schafft. Die göttliche Natur
Ruft den geschäfftgen Elementen,
Zur Bildung jeder Creatur,
Die sich hier sammleten, dort trennten.
Die Weisheit sieht mit scharfem Blick
Das Ganze durch vernimmt den Rath der Liebe,
Und ordnet selbst das neue Meisterstück.
Damit der Creaturen Glück
Der Zweck der ganzen Schöpfung bliebe.

Dieß Glück gewährt die Lieb allein.
Sie ward von der Natur erlesen,
Des Thierreichs Schöpferinn zu seyn,
Und blies ihr Feuer in die Wesen.
Der Seelen Trieb, der Herzen Gluth,
Der feine Stoff der zärtlichen Empfindung,
Der Quell der Lust, das feuervolle Blut
Der Schmerz, worinn ihr Glück beruht,
Sind ihre Gaben und Erfindung.

Kaum fühlt der Staub, und spricht: ich bin!
So fühlt er sie schon in dem Herzen.
Die Thiere taumeln vor ihr hin
In trunkenen, entzückten Schmerzen;
Der Mensch, o wie entzückt er sie!
Mit segnendem, holdseligem, sanftem Blicke
Sah sie ihn an, und sprach: vergiß es nie,
Daß ich dein Herz für mich erzieh,
Und nur die Liebe dich beglücke.

Vergiß es nie, entzückte Braut!
Du Kind und Unterthan der Liebe!
Bekenn es frey, beschwer es laut:
Du suchst Dein Glück in ihrem Triebe.
Es höre den verliebten Eid
Der Philosoph, der Heuchler und die Spröde.
Man table Dich, man nenn es Weichlichkeit;
Beschwör es laut! Bekenn es heut!
Dein Freund wird fragen: Liebst Du? Rede!

Sey Sappho in der Zärtlichkeit,
Er sey Anacreon im Scherzen;
Seyd Philosophen zu der Zeit,
Wenn sich einst eure Enkeln herzen.

C 3 Sucht

38. Die Liebe. Bey Vermählung ꝛc.

Sucht in der Liebe Glück und Ruhm,
Vergnügen, Trost: Ihr werdet alles finden!
O Liebe! sieh, Sie ist dein Eigenthum,
Sey nun Ihr Glück, Ihr Trost, Ihr Ruhm!
Laß sie Dich ganz, stets neu empfinden!

Vergilt ihr die erwiesne Treu,
Durch Sehnsucht und durch Gegenliebe,
Damit Ihr Herz dein Tempel sey,
Bis die Verwesung es zerstiebe.
Furcht, Wehmuth, Ungeduld und Schmerz,
Die ganze Reih von deinen süßen Plagen,
Wird Sie so gern, als deinen keuschen Scherz,
Den Lohn für ein verliebtes Herz,
Ach! wie vergnügt wird Sie sie tragen.

An Damis.

Wen reizt nicht deine stete Freude,
　　Die Freyheit und Genügsamkeit,
Glückseliger, der auch dem Leide
Durch seine Tugenden gebeut.
Du, das Vergnügen Deiner Freunde,
Wann scheint Dir nicht Dein Schicksal schön?
Wann darf Dein Herz dem Menschenfeinde,
Dem schwarzen Unmuth, offen stehn?

　　Du lachst, wenn Neid und Schicksal
　　　　　toben,
Und sagst mit heiterem Gesicht:
Jetzt wollen wir den Himmel loben;
Nur bitten wollen wir ihn nicht.
An Dir verschwenden Feind und Spötter,
Die Phantasey, die Mitternacht,
Der Hypochonder, böse Wetter
Und Dünste fruchtlos ihre Macht.

An Damis.

Kein Ehrgeiz, der mit stillem Nagen,
Den Keim der Lust, die Ruh, verdirbt,
Reizt Dich, der Freyheit abzusagen,
Die neben hohen Aemtern stirbt.
Wie lächerlich sind Dir die Ehren,
Wodurch sich vieler Wahn entspinnt,
Als ob sie große Herren wären,
Da sie doch kleine Diener sind.

Das Glück, wornach die meisten schmachten,
Der Reichthum, seines Heelers Last,
Wird Dir nicht schwerer zu verachten,
Als wie ein Feind den andern haßt.
Ein Lied, das Deiner Kunst gelungen,
Und das Dein Freund mit Beyfall hört,
Und das ein schöner Mund gesungen,
Ist Dir schon Tonnen Goldes werth.

Ein leichter Kuß kann Dich entzücken,
Ein reiner Wein vergnügt Dein Herz;
Wohin nur Deine Augen blicken,
Entdeckst Du Stoff zur Lust, zum Scherz.
Du suchst in viel geringern Schätzen,
Als in dem Geld und Ruhm, Dein Heil,
Bist reich an Gaben, zu ergötzen,
Und keinem Herrn auf Erden feil.

An Damis.

Du haſt die ſchwere Kunſt erfunden,
Wie man vernünftig fröhlich iſt;
Dein Lachen iſt mit Ernſt verbunden;
Dein Scherz zeigt, daß Du weiſe biſt.
Dein feiner Spott iſt voller Lehren;
Dein muntrer Witz wird angebracht,
Nicht eben, Sünder zu bekehren:
Doch auch nicht, daß er Sünder macht.

Glückſeliger! an Deiner Seite
Genieß ich jeden Augenblick
Dich, der ſein Herz mir ewig weihte,
Und Dein Vergnügen iſt mein Glück.
Ergieb Dich ſtets der Luſt und Liebe,
Der treuen Redlichkeit, dem Scherz,
Und Deinem großmuthsvollen Triebe
Für Deiner treuen Phillis Herz.

Zu einem Gemählde.

Natur und Anweisung, mehr braucht ein Dichter nicht,
Um vor dem Kenner zu bestehen.
Ein Uhu lernet nie ins Sonnenfeuer sehen,
Gäb ihm auch gleich ein Adler Unterricht:
Doch würden selbst des jungen Adlers Schwingen
Ihn nicht so kühn der Sonn ins Antlitz bringen,
Hätt ihm der Alte nicht die Kunst, die er vollbracht,
Zuvor bekannt gemacht.

Ein Unterschied.

Man kann die Weltweisheit verstehn,
   Und doch noch nicht zu leben wissen:
Doch wer zu leben weiß, kann nie die Weisheit
         missen;
Sonst wüßt er nicht die Kunst, mit Narren um=
         zugehn.
Der Unterschied in dem, was diese zwey besitzen,
Ist leicht: doch wen'gen nur bekannt.
Der Philosoph hat nur Verstand:
Doch der zu leben weiß, der weiß ihn auch zu
         nützen.

Unterschied, zwischen einer Uhr und einem Frauenzimmer.

Die ihr mit Schönen bloß, als mit Ma-
　　schinen, spielet,
Und ihre Küsse nur, nicht ihre Seelen, fühlet,
Lernt noch den Unterschied, der unter beyden ist.
Ein zärtlicher Poet hat ihn gerührt empfunden:
Die Uhr, sprach Fontenell, erinnert uns der
　　　　　　　　Stunden:
Doch eine Phillis macht, daß man sie froh
　　　　　　　　vergißt.

Einige Neujahrswünsche.

Glücklicher in jedem Jahr der Ehe,
 Ist mein seltnes Glück auf Erden.
Möcht ich noch so glücklich werden,
Daß ichs funfzig Jahr bestätigt sähe!
Freund! dieß soll mein Jahrswunsch werden,
Daß der Himmel sage: Es geschehe!

*

 So, wie sich deine Renten mehren,
Vermehre sich dieß Jahr dein Ruhm.
Du weißt, wer reich ist, ist nicht dumm
Und steiget schnell zu großen Ehren.

*

Ein Jahr ist verflossen!   1763.
Ein Fried ist geschlossen!

       Freund

Neujahrswünsche.

Freund Deutschlands! wünsche mit mir,
Daß man, eh dieses Jahr verfließe,
Noch einen ewgen Frieden schließe,
Und daß der länger währe, als wir.

✻

Das Glück des ganzen Jahrs sey dein!
Sey reich an Geld und an Vergnügen!
Sey alles, was du willst. Allein,
Wofern die guten Wünsche trügen,
Und du willst doch dieß alles seyn;
So lerne dieß Jahr dich begnügen.

✻

Der Friede, tapfrer Kriegesheld,
Ist zwar gemacht. Allein,
Daß deine Rechte Krieg behält:
Denn streitbar mußt du seyn;
So wünsch ich dir, um vieles Geld
Gleich dieses Jahr zu freyn.
Ob man dieß gleich für Frieden hält,
Wirds doch kein Friede seyn.

✻

Neujahrswünsche.

Es ist Vergnügen im Leibe,
Und weiser Ernst in der Freude.
Es ist auch Ruh im Getümmel,
Und selbst auf Erden ein Himmel:
Doch alles nur für einen solchen Geist,
Der das ist, was ich wünsche, daß du seyst.

❄

Von Wünschen nimmer leer, von Wünschen
nimmer satt,
Wünscht der das Meiste sich, der schon das Meiste hat;
Und der wird nie die Ruhe lernen kennen.
Das Glück des Weisen, Freund; dann, wann er
wenig hat,
Noch immer wenig wünschen können,
Halt ich für werth, es dir zu gönnen.

❄

Hundert Jahr sind eine lange Zeit.
Sind sie aber voll Verdrießlichkeit;
O! so mag mein ärgster Feind sie leben!
Zwanzig Jahr sind eine kurze Zeit.
Aber zwanzig Jahre voller Fröhlichkeit
Wolle dir und mir der Himmel geben!

Giebt

Giebt er uns denn auch noch zwanzig zu:
Ey nu!

※

Besitz ich nichts, das deinen Wunsch ergötzt?
O Freundinn, alles würd ich geben!
Weißt du die Kunst, wie man sich glücklich schätzt,
Bey allem Ungemach im Leben?
O! diese Kunst versprach ich mir
Im ewigen Besitz von dir:
Doch, wer kann dieses Glück dir geben?

※

O Freund, der Ehestand, der Feind verlieb-
ter Triebe,
Verband uns manches Jahr, und laurete auf
Zwist.
Wie manchmal bebt' ich schon vorm Untergang
der Liebe!
Doch wo du heute noch, wie ich, gesinnet bist;
So prophezeih ich uns das Wunderwerk auf
Erden;
Daß wir uns auch für erst noch dieß Jahr lieben
werden.

※

Herr

Neujahrswünsche.

Herr Bräutigam! Bald kömmt die Stunde,
Die dich zum Glücklichsten der Welt,
Zum Ehmann macht, in welchem Bunde
Sich jedermann glückselig stellt.
Du wirst es alsobald empfinden,
Was für ein großes Glück das sey,
Ach! — wenn zwey Herzen sich verbinden! —
Nun! ich wünsch euch der Herzen drey.

❋

Sieh an deinen Kindern Lust!
Sieh an ihrer Mutter Freude!
Liebe wohn in deiner Brust!
Edle Liebe, für sie beyde.
Freund, mir ist kein Wunsch bewußt,
Unerträglicher dem Neide,
Unerschöpflicher an Freude.

❋

Herr Philosoph, ich wünsche dir zum Leben:
Doch merk es dir, mit der Bedingung nur:
Unsrer Jugend Kräfte sind uns nicht gegeben,
Grillen todter Weisen mühsam nachzustreben,
Zum Vergnügen schuf sie die Natur.

Neujahrswünsche.

O liebe Freundinn, wie die Jahre eilen,
So eile mit, um oft vergnügt zu seyn:
Das sey dann nun durch Wahrheit oder Schein,
Durch Weisheit, Liebe, Dichtkunst, oder Wein;
So will ich das Vergnügen mit dir theilen.

※

Ein Glücke will ich dir wohl gönnen;
Ich weiß, es ist dir nicht zu klein:
Das Glück, nichts begehren zu können,
Und nichts zu seyn.

※

Wer kann sich auf sein Herz verlassen?
Nein, nein, gewährt ihm, was es will;
Sein Wunsch steht dennoch nimmer still;
Es kann sein bestes Glück nicht fassen.
Doch du, der schon so manches Jahr
Die schwersten Thaten unternommen,
Und dessen Herz nie ruhig war:
Laß es dieß Jahr zur Ruhe kommen!

※

Dir, Seemann, stehe Wind und Wetter,
Und Elb und Weltmeer zu Geboth! —
Ja! wirst du seufzen: Wär ich Gott!

Neujahrswünsche.

Und wären die Matrosen Götter! —
Allein, es lebt ein größrer Gott,
Und dieser Gott sey dein Erretter.

✽

Ein andrer wünsche dir, o Freund,
Daß dir ein jeder Wunsch gelinge:
Dann wünsch ich dir, was mir sehr mißlich
scheint,
Daß dich kein scheinbar Glück zu einem Wunsche
bringe,
Der dich zum Wiederrufe zwinge.

✽

Ich wünsche dir: die ganze Welt sey dein!
Sey du so weis', und sprich im Herzen: Nein!
Die ganze Welt sey immerhin nicht mein!
So wird gewiß dein Wunsch erhöret seyn.

✽

O du, der Deinen Ruhm und Freude,
Sey stets in Fröhlichkeit und Leide,
In Glück und Unglück groß, und herrlicher durch
Beyde.
Als Mensch, als Philosoph, als Christ,
Ist dieß der einzge Wunsch, der deiner würdig ist.

Nur

Neujahrswünsche.

❋

Nur Ruhe der Seele, nur Frieden,
Mehr hat dir mein Wunsch nicht beschieden.
O Damon, genüget dir dieß;
So ist dir dein Glück schon gewiß.

❋

Gott machts den Menschen selten recht,
Durch Wünsche, die sie sich erfinden,
Sagt mancher: Herr! du machst es schlecht!
Machs so, wie wir es besser finden!
Uns, liebster Gatte, machts Gott recht,
Er mag nur unser Glück selbst finden.

❋

Wie? Wenn uns unsre Wünsche trügen?
Oft wünschen wir uns ein Vergnügen,
Das, trifft es uns zum Unglück ein,
Nur ein erbethner Schmerz wird seyn.
Doch ein Wunsch kann uns nimmer reuen,
Und dieser soll auch dich erfreuen:
Daß uns nur das zufrieden macht,
Was uns der Himmel zugedacht.

Leipzig,
aus der Breitkopfischen Buchdruckerey.